언제나 내 이름

언제나 내 이름

류호선 동화 | 박정섭 그림

내 이름을 불러 주오.
제발

사□□계절

작가의 말

　이름이 주는 의미는 어떤 것일까? 몇 년간 시흥에 있는 전진
상 의원이라는 곳에서 의료 봉사를 했습니다. 주로 홀로 사시
는 어르신들이 오셨어요. 노인분들 이름을 불러도 잘 알아듣지
못하셔서 큰 소리로 불렀다가 그분들께 된통 혼났답니다. 이름
을 부르면서도 이게 맞나 싶은 의문이 들긴 했지요. 병원에서
일하는 동안 할머님들의 이름 때문에 놀란 적이 많았거든요.
개똥이, 쇠똥이, 아무개가 진짜 책 속의 일만은 아니었습니다.

　초등학교에 들어오면 가장 많이 쓰고 불리는 게 내 이름입니
다. 그런데 이상하게도 1학년 때는 이름이나 특징을 두고 귀여
운 별명들이 많이 생겨납니다. 더 이상한 건 초등학교 3, 4학
년만 되어도 이런 별명들은 사라진다는 거죠. 별명이 아무렇지
않거나 마음에 드는 친구도 있지만, 때로는 별명이 싫은 친구
도 있습니다.

　이게 뭐 대수냐고 할 수도 있겠지만 별명은 어린이들이 처음
겪는 내 이름에 대한 무게감일 수도 있습니다. 대수롭지 않게

여겼던 내 이름이 새롭게 다가오는 기회이거든요. 어떤 이름으로 불리는지도 중요하고, 그 이름이 어떻게 기억되는지도 참으로 중요하다는 걸 글을 쓰면서, 진부하지만 새삼 깨닫고 있습니다. 저는 우리 친구들에게 어떤 이름으로 기억에 남을까요? 제 이름은 기억나지 않아도 좋습니다. 다만 이 땅에 이름 없이 어린 시절을 보내야 했던, 모든 어르신들의 아름다운 이름들을 이 책을 통해 기억해 드리고 싶습니다. 저와 만났던 모든 친구들의 이름도 꼭 기억하고 싶고요!

동해 바다 마음으로 그림을 그려 주는 정섭, 이름 없는 작가의 책을 이름 있게 편집해 준 경후 씨, 가장 힘을 주는 규현이와, 싱가폴의 혜선, 나의 꼬맘과 언제나 기억의 교실에 앉아 있는 고2 친구들 모두에게 제 마음을 전합니다.

2024년 가을

강처럼 깊이 있는 작가가 되고 싶은 류호선

차례

아~
따습다.

5

후훗!

1. 이름표

이름을 적어서 가슴에 다는 표

"도토리입니다."

누구나 만나면 이름부터 물어봐요.

토리 토리 도토리 이게 토리의 이름이에요.

토리는 자기 이름이 참 좋아요. 토리라는 발음도

좋고, 할머니가 "토리야!" 하고 불러 주는 게 참

좋거든요.

초등학교에 들어가면 맨 처음 하는 게 뭔지

알아요? 자기 이름을 또박또박 쓰는 거예요. 다른
건 잘 못 써도 괜찮지만 이름은 되도록 바로 쓰는
게 좋아요. 학교에서 나눠 주는 것도 많은데,
거기에 전부 이름을 쓰지 않으면 어느 게 자기
것인지 알 수가 없거든요. 그래서 예비 소집일에
맨 먼저 나눠 주는 게 이름표랍니다.

　토리도 이름표를 받았어요. 이름표에는 당연히

토리 이름이 딱 적혀 있었어요. 매일 부르고 매일 듣는 이름이지만, 학교에서 받은 이름표는 조금 다르게 느껴졌어요. 이제 귀여운 아가가 아니라, '도토리'라는 이름을 당당히 가슴에 단 초등학생이 되었다고요! 모두가 토리의 가슴에 달린 이름을 보는 것 같았어요. 심지어 입학식에 온 할머니는 이름표를 보고 우셨다니까요. 정말이라고요!

할머니는 고개를 저으며 "울긴 누가 운다고." 했지만, 토리는 똑똑히 보았답니다. 토리가 흘리지도 않은 콧물을 닦아 주면서 할머니가 눈물을 훔쳐 내는 모습을요.

"우리 손주는 코도 안 흘리네. 할미 어렸을 때에는 모두 누런 코를 주렁주렁 달았는데. 장하다, 우리 손주! 이렇게 이름표를 가슴에 달고

당당하게 학교에 가다니. 장하다, 우리 손주! 우리
토리!"

입학식 날 학교에 가서 한 일이라고는 이름이
불리면 큰 소리로 대답하고, 나눠 준 이름표를
가슴에 단 것뿐인데, 할머니는 그게 그렇게

자랑스럽다고 했다니까요. 그래서 토리는 자기 이름이 더 좋았답니다.

토리네 담임 선생님은 이름이 네 글자나 돼요. 이름이 네 글자나 되다니 멋져 보였어요. 처음에는 선생님 성이 '남'이고 이름이 '궁철민'인 줄 알았는데, 성이 '남궁'이라는 거예요.

'우아, 성이 두 글자나 되다니! 멋지다!'

뭐 그런 게 멋지냐고요? 1학년은 남들이 보기에는 알 수 없는 것들도 멋져 보인답니다. 이름이 네 글자나 되는 남궁철민 선생님은 어떤 일이든 포기하지 않고, 끝까지 열심히 하는 친구가 좋다고 했어요.

토리는 그런 거라면 당연히 자신이 있었답니다.

반 아이들 모두 "저요! 저요! 저도 포기하지

않고 끝까지 할 거예요." 하고 손을 들었지요.

뒤이어 선생님이 자기소개로 사행시를 지어 보겠다고 했어요.

"자, 친구들 운을 떼 주세요."

"엥?"

"시작해 볼까요?"

"선생님, 운이 뭔지 모르겠어요!"

한 명이 모른다고 하니 여기저기서 난리가 났어요.

"그게 뭐예요?"

"몰라요!"

아이들 모두 한마디씩 했답니다. 선생님이 껄껄 웃었어요.

"아차차, 아차차! 우리 1학년 친구들에게는

'운'이라는 말이 어렵겠구나. 선생님 이름을 한

글자 한 글자 불러 달라는 거예요. 할 수 있나요?"

　"네, 네, 선생님!"

　아이들 모두 큰 소리로 선생님 이름을

외쳤어요.

　"남!"

　"남보다……."

　"궁!"

　"궁금한 게 많은……."

　"철!"

　"철민이에요."

　"민!"

　"민첩하게 여러분 모두를 도와줄게요."

　"우아!"

토리는 깜짝 놀랐어요. 사행시라는 말도 처음
들어 보았는데, 무척 어려워 보이는 일을 한 번에
해내는 선생님이 정말 멋져 보였거든요.

"저도 해 보고 싶어요!"

"저도요. 저도요."

다들 손을 번쩍번쩍 들었답니다.

"알겠어요. 다음 주 자기소개 시간에 여러분
이름으로 삼행시를 지어 오면 그때 발표해 보는
걸로 해요. 이름이 두 글자인 친구는 이행시,
선생님처럼 네 글자라면 사행시를 지어 오세요.
어때요? 짝꿍과 함께 고민해 보아도 좋아요!"

"네, 네, 선생님!"

토리의 첫 짝꿍은 송민지예요. 토리는 입학식을 하는 강당에서부터 송민지를 보았답니다. 큰 눈을 항상 반짝거리는 송민지는 유치원 친구예요. 이렇게 1학년이 되어 같은 반에서 다시 만날 줄은 몰랐어요.

"송민지."

"도토리."

"우아, 신기하다."

"뭐가?"

"너도 나도 이름이 비슷하게 '지', '리', 받침 없이 끝나잖아. 신기하지?"

별게 다 신기하다고요? 원래 1학년은 그래요. 아주 작은 거를 함께 발견하고, 같이 기뻐하고, 서로 즐거워하는 그런 게 '우리들은 1학년'이라고요. 토리는 그렇게 유치원 친구 송민지를 만났고요. 남궁철민 담임 선생님도 만났어요.

짝이 중요하다는 건 송민지가 이름표를 다는 걸 도와주는 순간 알았답니다. 유치원 때는 선생님이 여러 명 있었어요. 그래서 짝꿍 중 한 명이 잘 못하거나, 두 사람이 다 못해도 선생님들이

도와주셨어요. 그런데 1학년 교실에는 아이들이
훨씬 더 많은데, 선생님은 딱 한 명밖에 없어요.

"짝 활동은 옆 사람과 함께하는 방법을 배우는
거예요. 둘이 서로 도와주면서 함께 힘내 보세요."

짝이랑 하는 활동은 잘하고 못하고를
따지기보다 둘이서 함께 해내는 게 중요하다고
했어요. 그러니 짝꿍은 정말정말 중요했어요.

민지는 먼저 자기 걸 다 하고, 토리를 착착
도와주었답니다. 가끔은 선생님보다 손이 더
야무져서 선생님이 민지에게 꼬마 선생님이라고
불렀다니까요. 세상에, 이런 민지가 짝꿍이라니!
옆에 누가 앉느냐에 따라서 짝 활동이
달라졌지요. 그러니까 송민지가 짝꿍이 된 게
얼마나 좋겠어요.

'천군마마'를 얻은 기분이랄까요?
천군마마가 무슨 뜻이냐면요. 처음에
그 말을 들었을 때, 토리는 천 명의
엄마라는 뜻인 줄 알았어요. 할머니가 큰
힘이 되어 주는 사람을 만났을 때 쓰는 말이라고
하셨거든요.

　나중에 알고 보니 천군마마가 아니라
'천군만마'였어요. 천 명의 군인과 만 마리의 말을
뜻해서 군사와 말이 많으면 엄청 든든하다는
거래요. 토리가 가만 생각해 보니, 엄마가
천 명 있어도 든든할 것 같았어요. 아무래도

천군
마마!

둘은 비슷한 말이 맞지요. 그때부터 토리는
천군마마라고 부르기로 했어요.

토리는 든든한 짝꿍이자 천군마마인 민지랑 잘
지냈어요. 그런데 어느 날, 일이 터졌어요.

"오늘 급식에 너 나왔네! 도토마토! 너야 너!"
"내 이름은 밤톨이 할 때 톨이, 토리인데 여기서
왜 토마토가 나와?"
민지가 급식에 나온 방울토마토를 보고는
장단까지 맞춰 가며 토리를 도돗토도토마토라고
불렀어요.
"너랑 토마토랑 '토' 자가 같으니까 이름
삼행시에도 토마토 토리라고 하면 되겠네!"
아니, 이름 삼행시는 자기가 지어 오는 건데 왜

민지가 토마토라고 하라 마라 하냐고요. 토리는
그러는 민지가 좀 못마땅했어요.

"싫어! 토마토 말고 딴 걸로 지어 올 거야!"

"생긴 것도 매끈매끈 땡글땡글해서 비슷한데.
토마토 안 하면, 토할 때 토 이런 거 할 거야?"

"뭐라고?"

옆에 있는 아이들이 민지 말을 듣고 덩달아
웃어서 토리는 기분이 더 나빴어요. 송민지는
뭐가 좋은지 방울토마토 하나를 입안 가득 넣고
오물오물 먹었어요. 어찌나 얄밉던지! 갑자기 알
수 없는 화가 머리꼭지까지 나지 뭐예요.

"그럼 넌 송민지니까 음매 음매 송아지라고 해."

"내가 왜 송아지야!"

"너는 이름에 '송'이랑 '지' 두 글자가 송아지랑

같잖아. 송아지~ 송아지~ 얼룩송아지!"

"내가 왜 송아지냐고!"

"지금 봐! 너 울 거 같은 얼굴 하니까 송아지

같아! 안 그래?"

옆에 있던 친구들이 아까보다 더 크게

웃어서 얼마나 고소했는지 몰라요. 속이 다
시원해졌다니까요.

"토리 너, 자꾸 이럴래?"

"내가 뭘? 먼저 시작한 게 누군데?"

"내가 나쁘게 말한 게 아니잖아."

민지가 울먹이며 말했어요.

아니, 너무하잖아요. 먼저 삼행시를 지어라
마라 하면서 토리 이름을 가지고 놀린 게
누군데요! 토리의 자랑스러운 이름을 두고
말이에요. 이제 와서 나쁘게 말한 게 아니라니요.

토리가 진짜 싫어하는, 과일인지 채소인지
알 수 없는 시뻘건 토마토라고 부르는 건 너무
싫었어요. 엄마랑 할머니가 자꾸 먹으라고 해서
더 더 더 싫어하는 거라고요. 토리가 잘 먹지도

않는 토마토! 도토리라는 이름이 있는데, 왜
그렇게 부르냔 말이에요.

그것도 가장 신나는 급식 시간에 놀림받아서
밥맛이 뚝 떨어졌다니까요. 운동장만큼이나
넓은 급식실에서 송민지랑 말싸움하다가 영양사
선생님에게 딱 걸리고 말았어요.

"밥은 제대로 안 먹고, 이렇게 싸우면 어떻게
해요?"

영양사 선생님에게 혼나는 토리와 민지를
남궁철민 선생님도 보게 되었지요. 담임 선생님은
민지랑 토리가 싸워서 밥이 코로 들어갈 뻔했다고
말했어요. 평소라면 선생님 콧속으로 밥이
들어가는 모습이 떠오르면서 깔깔 웃었을 텐데!
지금은 기분이 나빠서 하나도 웃기지 않았어요.

"둘이 사이좋았잖아요. 그런데 왜 그랬을까?"

송민지가 커다란 눈을 끔뻑이면서 아무 말도
안 했어요. 치사하게 말이에요. 송민지가 먼저
토리를 놀렸다고 말했으면 토리도 이렇게까지
하지는 않았을 거예요. 하지만 송민지가 말하지
않으니 어쩔 수 없었어요.

"애가 먼저 제 이름 가지고 놀렸다고요!!!"

토리가 크게 외쳤어요.

그런데 글쎄, 송민지는 토리 말을 듣고는
송아지처럼 몇 번 긴 속눈썹을 껌벅거리더니 펑펑
우는 거예요. 아니, 사실을 말했을 뿐인데. 시작은
송민지가 했는데! 토리는 기가 막히고 코가
막혀서 숨도 안 쉬어졌어요. 먼저 놀리고 먼저
울기까지! 반칙도 이런 심한 반칙이 없다니까요.

진짜 답답하기 짝이 없는 일이 토리 눈앞에서
벌어졌어요.

　토리는 세상에서 최고로 억울했어요. 진짜
울어야 할 사람이 누구인지 따져 보고 싶었어요.
그렇지만 눈물까지 나오지는 않았어요. 선생님이
서로 사과하라고 해서 진짜 울고 싶어졌어요. 왜
토리는 송민지처럼 눈물이 뚝뚝 나오지 않을까요?

　절대 미안하다고 사과할 순 없어요. 이건
정의가 아니라고요. 무슨 일이 있어도 미안하다고
말할 생각이 없었는데…….

　송민지가 울먹거리면서 잘 들리지도 않는
목소리로 뭐라고 했어요. 하도 목소리가 작아서
뭔 말인지 처음에는 알아듣기 힘들었어요. 이건
또 무슨 상황일까요?

"미 흑흑, 안 흑흑, 해 흑흑."

미는 들리지도 않고, 안 해만 토리 귀에 크게
들렸어요.

그냥 미안하다고만 하면 안 되잖아요. 뭐가
미안한지를 말해야 하잖아요.

토리는 당연히 이름이 네 글자나 되는 멋진
선생님이 이 점을 콕 집어 말씀하실 줄 알았지요.
선생님은 우리들의 전문가이니까 말이에요.
그런데 토리는 '믿는 도끼에 발등을 찍힌' 기분이
들었어요!

"그래. 민지가 먼저 사과했으니까, 우리 토리도
시원하게 사과하자!"

아! 진짜 하기 싫었어요. 상대방이 먼저 했다고
해서, 받기 싫은 사과를 받아들여야 할까요?

다 잘못하고 난 뒤에 운다고 봐주는 건 옳은 방법이 아니잖아요. 자꾸 저런 식이면 이제 앞으로 송아지 쟤는 자기가 불리하면 울 게 뻔하다고요,라고 소리치고 싶었지만 참았어요. 살면서 내가 하고 싶은 말을 다 할 수는 없다는 걸, 토리도 학교를 하루하루 다니면서 배워 가는 중이랍니다.

때로는 한 발 물러서는 법도 배워야 한다고 할머니가 알려 주었어요. 그러니 어쩌겠어요, 물러서야지.

"미안."

하고 싶지 않은 사과니 목소리가 잘 나올 리가 없었어요. 얼마나 작게 나오던지 토리도 자기 목소리가 이렇게 작아지는지 처음 알았다니까요.

"그럼 우리 민지랑 토리는 다음
주 삼행시 숙제를 서로 해 주면
좋겠네! 어때, 할 수 있겠지?"
지금까지는 선생님이
말씀하시면 무조건 "네, 네,
선생님!" 이렇게 큰 소리로
대답했는데, 지금은 말이

너희들 어때,
할 수 있겠지?

네
네
네···

미안···

나오지 않았어요. 이번에도 선수를 뺏겼답니다.
송민지가 먼저 모깃소리로 "네, 네, 선생님." 하고
대답했어요. 토리가 먼저 할 걸 그랬어요. 하지만
이미 늦은 걸 어쩌겠어요.

　토리는 교실로 돌아오자마자 이번에는 지지
않고 이야기했어요.
　"야 님아! 여기 넘어오지 마요."
　토리네 반 규칙은요. 서로 싸우거나 안 좋은
일이 있을 때에는 친구에게 '님' 자를 붙이고
존댓말을 해야 해요. 언제까지냐면 말이에요.
사이가 좋아질 때까지는 그렇게 불러야 해요.
처음에는 '어, 괜찮은 규칙인데······.'라고
생각했는데, 막상 지키려고 보니 왜 이런 이상한

규칙에 찬성한다고 손을 번쩍 들었었는지
모르겠어요. 토리는 그때 들었던 팔이 다
원망스러웠어요.

"너 님도 조심해 주면 좋겠어요. 치!"

'뭐 자기만 치, 할 줄 아나! 나도 흥 쳇 뿡 이다
뭐.'

토리는 속으로 생각했지요.

사실 송민지랑은 사이가 좋은 편에 가까웠어요.
그런데 밥 먹다 선생님한테 불려 나가고,
울고불고하다 보니, 좋았던 사이가 순식간에
바뀐 거 있지요. 어렸을 때부터 친하게 지낸
시간들을 가위로 싹둑싹둑 다 잘라 내 버리고
싶었다니까요.

"토마토, 안녕."

이게 무슨 일이래요. 송민지가 토리를
토마토라고 부른 날부터 아이들이 계속
토마토라고 불렀어요. 송민지 한 명일 때는
싫다고 표현했지요. 하지만 한두 명도 아니고
반 모든 아이들이 토마토라고 부르니 전부에게
성질을 낼 수도 없고, 그렇다고 토리를
부르는데 대답을 안 할 수도 없고……. 송민지
아니지, 그 송아지 때문에 토리는 하루아침에
울긋불긋 볼품없는 모습에, 맛도 없고, 이상하기
그지없는 새빨간 토마토가 되어 버렸어요.
알밤 같은 도토리가 한순간에 시뻘건 토마토가
된 날이랍니다. 그러니 토리가 얼마나 속이
상하겠어요. 이게 다 송아지 때문이에요.

그렇게 자랑스럽던 이름이 갑자기 싫어질
줄은 몰랐어요. 토리는 토마토라고 놀림받는
자기 이름이 미워졌어요. 하루라도 빨리 바꾸고
싶었지요.

2. 별명

사람의 생김새나 버릇, 성격 따위의 특징을 가지고
남들이 지어 부르는 이름

"엄마, 이름을 바꾸려면 어떻게 해야 돼요?"

"뭘 바꾼다고?"

"이름! 이름 말이에요! 이름을 바꿔야 한다고요.
당장!!! 이것도 인터넷으로 주문하면 되는
걸까요?"

"무슨 이름을 주문해! 하하하."

엄마가 별일 아니라는 듯 웃었어요. 이게 웃을

일이 아닌데, 토리는 울고 싶은데. 엄마는 그런
마음도 몰라주고 그냥 웃었다니까요.

"아니, 토리 이름이 어디가 어때서? 언제는 네
이름이 좋다며?"

"어제까지는 좋았는데요. 어쩔 수 없는
상황이라는 게 생겼어요."

"무슨 상황?"

엄마에게 오늘 학교에서 일어난 억울한 일을
탈탈 털어놓고 싶었지만 꾹 참았어요. 가만히
생각이라는 걸 해 보니, 만약 엄마가 토리 편을
들지 않고 송민지 편을 든다면, 오늘은 정말
최악일 거 같았어요. 엄마는 가끔 너무 냉정하게
다른 친구의 입장에서 어쩌고저쩌고할 때가
많거든요. 아들인 토리 입장을 생각해 주지,

왜 토리를 서운하게 한 다른 친구 입장을 먼저
생각하냐고요. 지금도 뻔해요. 짝인 송민지
입장을 먼저 생각하자고 할 게 분명하고, 그럼
토리는 생각하기도 싫은 송민지를 떠올려야
하고, 송민지가 먼저 반칙 써서 눈물을 짠 것까지
이야기해야 하고요! 운 걸 말하는 순간 토리가
불리해질 게 불 보듯 '뻔할 뻔 자'거든요.

아! 이건 좀 딴생각인데, 한자로 뻔할 뻔 자가
진짜 있을까요? 뻔할 뻔 자가 있으면 송민지
아니지, 송아지 개 얼굴로 뻔뻔할 뻔 자를 하나
만들어 봐야겠어요. 딱이에요, 딱.

"죽을상으로 이야기하다가 갑자기 웃는 건
뭐지? 수상하게……."

"수상하기는요. 갑자기 재미있는 생각이
떠올라서 그래요."

토리가 씨익 웃으니까 엄마도 따라 웃었어요.
서로 기분이 좋다는 뜻이에요.

"멋진 이름으로 바꿀 거예요. 최대한 빨리요.
당장이면 더 좋고요. 어디 가서 어떻게 해야
되는지 알려 주면 제가 다 할게요. 인터넷으로
신청하면 택배로 받을 수 있을까요?"

엄마는 심각하기 그지없는 토리 마음도
몰라주고 자꾸만 웃었어요.
"이름을 무슨 택배로 받아!"
"할머니가 이름을 받아 왔다고 했단 말이에요."
"그건 그렇지. 할머니가 이름 짓기로 유명하신
친구분한테서 직접 받아 오긴 했지!"
"거봐요. 돈이 많이 들면 제가 받은 세뱃돈도
보탤게요."
"엄마는 토리가 하는 말이
무슨 말인지 하나도 모르겠다.
갑자기 이름을 바꾼다고 하고,
택배로 받는다고 하고.
태어날 때 한번 정한
이름은 그렇게 호떡

택배 왔어요!

뒤집듯이 쉽게 바꾸는 게 아니야!"

"저도 다 안다고요."

"그래? 멀미 심한 할머니가 하루 종일 버스 세
번 갈아타고 가서 이름 받아 온 거 알지? 딱 세
개를 받아 왔잖아. 그 세 개를 백 번도 넘게 불러
보고, 가장 좋은 이름으로 고르고 고른 이름인

도토리 도토리 도토리 도토리 도토리
도토리 도토리 도토리 도토리 도토리
도토리 도토리 도토리 도토리 도토리
도토리 도토리 도토리 도토리 도토리 도
도토리 도토리 도토리 도토리 도토

것도 알지?"

토리도 잘 알아요. 할머니가 밤새워 이름을
불러 보았대요. 그중에 토리가 가장 입에 붙어서
정한 이름이라고 옛날이야기를 하듯 잊을 만하면
들려주고, 잊을 만하면 또 들려주었어요. 토리는
예전에 할머니와 나누었던 이야기를 떠올렸어요.

"할머니는 진짜 잠도 안 자고 이름을 불렀어요?"

"그럼, 세상에 태어난 우리 손주한테 가장 좋은 이름을 붙여 주고 싶어서 그랬지!"

"그게 그렇게 중요해요?"

"그렇고말고. 세상에 이름만큼 중요한 게 어디 있누! 사람들이 평생 나를 생각하며 불러 주는 건데."

할머니가 토리 이름 때문에 몇 날 며칠을 잠도 안 자고 고민했다는 게 참 신기했어요.

그런데 오늘 토마토로 불리고 나니 이름이 정말 중요한 것 같아요. 어떻게 불리느냐에 따라 알밤 같은 토리에서 시뻘겋고 맛대가리 없는 토마토로 변신했잖아요. 눈 깜짝할 사이에 말이에요.

토리는 속이 부글부글 끓었어요.

"나 진짜로 결심했어. 이름을 바꿀 거야.
그러니까 엄마가 도와줘!"

"네 이름을 토리에서 뭘로 바꿀 건데?"

아, 맞다. 토리는 중요한 걸 잊어버렸어요.
바꾸긴 바꿀 건데 뭘로 바꿀지는 정하지
않았지요. 마음이 너무 급했던 모양이에요. 뭘로
바꿀까요?

일단 이름에 토가 들어가면 절대 안 돼요. 토가
있는 한 울퉁불퉁 맛대가리 없는 토마토에서 빠져
나올 수 없으니까요.

'음……. 뭐가 좋을까?'

토리가 눈을 데굴데굴 굴렸어요.

"당장 생각나는 것도 없으면서 뭘 바꾼다고 해!"

"그래도 내 이름이니까 내가 바꾸고 싶으면 바꿔야 하는 거잖아요? 아무리 정성스럽게 지은 이름이어도 제가 싫다고요! 저는 꼭 바꾸고 싶다고요!"

"알았어. 네가 정 싫다면야 어쩔 수 없지!"

"그럼 엄마는 내 이름을 무엇으로 바꾸면 좋겠어요?"

"음, 엄마는 지금 이름이 제일 좋기는 해. 그래도 네가 물어보니까. 깡충깡충 재빠른 토끼, 도토끼 어때? 뭐든 좀 빨리하라는 의미에서."

"난 싫어요!"

"그럼 도토토!"

"토 자는 빼 달라고요. 빨리 바꿔야 송민지한테 새 이름으로 삼행시 지어 오라고 알려 줄 수 있단 말이에요."

엄마가 궁금해서 오늘 일을 살짝 말해
주었어요.

"너는 송민지로 삼행시를 지었니?"

"그럼요. 뻔뻔한 송민지 삼행시는 아까, 아까
집에 오면서 다 지어 놓았지요!"

"뭐라고 지었는데?"

"비밀!"

아직 엄마한테 말해 줄 수는 없었어요.
왜냐하면 엄마가 들으면 바꾸라고 할지도
모르거든요.

"다음 주가 삼행시 발표라고? 이름을 바꾸는
과정은 쉽지 않아. 그래도 네가 멋진 이름을
생각해 낸다면 가족들이 그 이름으로 불러 줄

수는 있지. 그럼 이번 주 토요일까지 정해 봐.
그래야 민지도 삼행시를 지을 시간이 있지."

　이게 무슨 일이지요? 토리는 엄마가 절대 안
된다, 어림도 없다, 이럴 줄 알았는데 이번 주까지
이름을 정해 오라고 했어요. 토리는 마음속에
희망이 차올랐어요. 절대로 그 누구도 놀릴 수
없는 우주 최강 멋진 이름이 생긴다고요. 이제
토마토 토리가 아닌, 듣자마자 놀라 자빠질 만큼

멋진 이름을 가진 어린이가 되는 거예요. 뭐가

좋을까요? 토리는 곰곰이 고민했답니다.

3. 이름하다

다른 것과 구분하기 위하여 새로운 명칭을 붙여 이르다

토리 꿈은 축구 선수예요. 흠, '도메시' 어때요?
메로 시작하는 동물이나 음식이 없잖아요. 매미나
매가 있기는 하지만 그건 'ㅐ'고 'ㅔ'를 쓴 건 메기
정도? 그렇지만 메기는 친구들도 잘 모를 거예요.
토리도 얼마 전에 알게 된 물고기거든요.

아니면 흥민이 형을 존경하니까 '도흥민'?
아니면 '도쏘니'? 흥민이 형 애칭이 쏘니래요.

도쏘니 어때요? 이것도 나쁘지 않은 거 같아요.

도메시, 도쏘니……. 그런데 이상하게도 나쁘지는 않은데 토리 마음에 쏙 들지는 않았어요.

할머니처럼 한참을 불러 보았는데 이상하게도 입에 착 붙지도 않았어요. 이름 짓기가 이렇게 힘든 일인 줄 몰랐어요.

이러다가 삼행시 발표는커녕 이름 없는 아이로 학교를 다니게 생겼어요. 학교에서는 이름이 없으면 안 돼요. 체육 시간에 서로 이름을 불러야 피구도 하고, 모래놀이도 하는데 이름이 없이 그냥 아이 1, 아이 2로 지낼 수는 없다고요.

토리는 태어나서 처음으로 자기 이름이 어떤 뜻이면 좋을지 열심히 생각했어요. 토리는요.

자기 이름이 누구나 한번 들으면 바로 알 수 있고,
또 불렸을 때 제 기분이 좋고, 또 아주 훌륭한
사람들처럼 널리 알려지는 이름이면 좋겠어요.
이를테면 '도순신', '도관순', '도세종'? 대단한
위인들 이름처럼요. 하지만 이 이름들도 딱
이거다! 싶은 느낌은 아니었어요. 다른 사람의
좋은 옷을 빌려 입은 듯한 그런 기분이 들었어요.

"할머니 바쁘세요?"

"무슨 일인고? 우리 손주가 왜 이리
죽을상으로 왔누?"

"제가 큰 고민이 생겼어요……."

할머니가 힘들게 가서 받아 온 이름인데,
토리가 스스로 이름을 바꾼다고 하면 너무
서운해하실 거 같았어요. 그래서 할머니한테는
차마 말을 못 했지요. 하지만 엄마가 말한 시간이
점점 다가오니 별수 있나요. 토리한테는 천 명의
엄마보다도 더 든든한 할머니가 있잖아요.
　"제 이름을 바꾸고 싶은데, 무슨 이름으로

바꾸면 좋을까요? 아! 할머니 이름은 뭐예요?”

"이 할미 이름?"

지금에서야 깨달았어요. 토리가 할머니 이름을
모른다는 걸 말이에요. 그러고 보니 할머니라고만
불렀지, 한 번도 할머니 이름을 불러 본 적이
없었어요. 어느 누구도 할머니 이름을 가르쳐 준
사람은 없었거든요.

"이름 말이냐?"

"네, 네, 할머니! 저는 할머니 이름을 몰라요."

맞아요. 할머니도 토리 할머니이기 전에,
토리처럼 어렸을 때 친구들이나 어른들이 불렀던
이름이 있을 거잖아요. 엄마 아빠 이름은 알지만
할머니 이름을 모르고 있었다니! 딱 한 번 할머니
이름을 물어본 적은 있어요. 그때 할머니가 "토리

할머니지, 이름은 무슨." 이러면서 넘어갔거든요.
그걸 왜 제대로 알려고 하지 않았을까요?

 "할미가 오래간만에 옛날이야기 하나 해 주랴!"

 아니, 이름을 물었는데 왜 옛날이야기를 해
준다고 할까요? 그래도 할머니 옛날이야기는
언제나 재미있으니까요. 당연히 들어야지요.

 "나는 말이다. 처음에 이름이 없었어!"

 "네? 뭐라고요? 이름이 없었다고요?"

 할머니 이야기는 재미난 이야기인 줄
알았는데 그게 아니었어요. 진짜진짜 이상한
이야기였답니다.

 토리 할머니는 다섯 번째 딸로 태어났어요.
할머니의 아빠는 또 딸이 태어났다고 아예 이름을

내 이름은 끝녀였어요.

지어 주지 않았대요. 그래서 동네 사람들이 토리
할머니를 끝녀라고 불렀대요. 이제 딸은 끝이라는
뜻으로 말이에요.

　세상에, 너무한 거 아니에요? 어떻게 태어난
아이한테 이름을 지어 주지 않냐고요! 토리는

할머니 이야기를 믿을 수가 없었어요. 할머니 어릴 때 소원이 어떤 이름이라도 좋으니 남들처럼 이름 세 글자를 가지는 거였다고 해요. 누구 동생, 현씨네 막내, 딸 많은 집의 마지막 딸 '현끝녀' 말고 진짜 이름을 가지고 싶었대요.

나중에 할머니의 남동생이 태어나고 나서야 할머니도 함께 호적 신고를 했대요. '호적 신고'는 누가 태어났다는 걸 나라에 알려 주는 거랬어요. 그래야 학교에도 갈 수 있었대요. 지금은 호적이 없지만 옛날에는 그런 게 있었대요. 토리 할머니 남동생 이름은 기쁠 '희', 고를 '균' 자를 써서 현희균. 기쁨이 고르게 따르는 아이라는 뜻이었대요. 그래서 할머니는 속으로 기대했대요. 정말 끝녀는 이제 끝이구나.

　"아버지! 아버지! 우리 귀한 남동생 이름은
희균이고, 제 이름은요? 제 이름은 무엇으로 호적
신고를 하셨어요?"
　하나뿐인 아들 이름을 나라에 알리고 기뻐하던
토리 할머니의 아빠는, 도대체 무슨 소리냐며
할머니한테 되물었대요.

"끝녀를 끝녀로 신고하지, 그럼 뭘로 신고를
하누?"

할머니가 끝녀는 이제 끝이라고 생각한 그날이
평생 끝녀로 살아야 하는 날이 되어 버렸지요.
토리 할머니는 일곱 날을 밥도 안 먹고 울었대요.
토리는 할머니 이야기를 듣다가 눈물이 왈칵
나려는 걸 꾹 참았어요. 이름 하나로 이렇게 슬플
줄은 몰랐거든요.

할머니의 아빠, 그러니까 외증조할아버지는
정말 너무해요. 남동생 이름은 그렇게 멋지게
지어 주고 왜 할머니 이름은 신경 쓰지
않았을까요? 태어나서부터 일곱 살까지 이름이
없었던 할머니는 차라리 이름이 없었던 때가
좋았다고 했어요. 그때는 어떤 이름이든지 마음껏

상상할 수 있었으니까요. 토리만큼 작았다던 어린아이가 부엌 아궁이 옆에 쭈그려 앉아 혼자 울었을 걸 생각하니 너무 슬펐어요. 진짜 현끝녀가 된 일곱 살의 토리 할머니.

"지금이야 괜찮지만 그때는 내 이름이 싫어서 누가 이름을 물으면 절대로 대답을 안 했지!"

"그럼 아직도 할머니 이름이 끝녀예요?"

"할머니 동생이 먼저 세상을 떠나서 동생 이름을 내 이름처럼 쓰고 살았지! 나도 한번 기쁨이 고르게 따르는 아이 희균이로 살아 보고 싶어서. 허허허 어때, 할미 이야기가 참 재미지지 않누?"

"하나도 재미없어요. 너무 슬퍼요. 으앙."

토리는 참지 못하고 울었어요. 몰라요. 그냥 막

눈물이 콧물이랑 함께 줄줄줄 나왔어요. 자꾸만
토리 눈에 이름 없는 작은 아이가 웅크리고 있는
게 보이는 거 같았다니까요.

'도토리……. 현희균…….'

토리는 할머니가 항상 불러 준 제 이름과 할머니의 숨겨진 이름을 속으로 몇 번이고 불러 보았어요. 부를 때마다 이름이 주는 의미가 점점 더 커지는 것 같았어요.

토리는 삼행시 발표를 앞두고 진짜 몇 날 며칠, 노는 것도 다 잊어버리고 가족들과 머리를 맞대고 고민했어요. 진짜예요. 이름이 정해지기 전까지 게임도 한 번 안 했다니까요. 아니, 게임할 정신도 없었다는 게 맞는 말인 거 같아요. 토리네 가족 마음속에는 온통 이름 생각뿐이었어요.

이 이름이 좋을까? 저 이름이 좋을까? 이쪽으로 돌아누우면 이 이름이 마음에 들었다가, 저쪽으로 돌아누우면 저 이름이 마음에 들고. 산신령님이

나타나서 금도끼, 은도끼처럼 고민에 빠진 이름을
건져 주면 좋겠다는 생각까지 했다니까요.

하지만 이렇게 중요한 이름을 도낏자루처럼 휙
건질 수는 없어요. 어디서 돈을 내고 받아 오는
것도 영 아닌 것 같았어요. 토리 가족 모두가
조심스럽게 한 번 한 번 불러 보고, 또 불러
봤어요. 이름 안에 담긴 깊디깊은 뜻을 생각해
보았어요. 그렇게 오랜 시간 고민해서 정한
진짜진짜 소중한 이름이에요.

토리는 새로운 이름을 정한 날, 그동안 못
했던 게임도 시원하게 한 판 했답니다. 얼마나
개운했는지 몰라요. 토리네 온 가족이 두 다리 쭉
펴고 잠도 푹 잤다고요.

토리와 가족들은 '개명 신청서'를 함께 쓰고,

'법원'이라는 곳에 편지를 보냈어요. 그리고
손꼽아 기다렸어요. 언제 올까, 토리는 매일매일
우체통에 편지가 왔는지 보았어요. 당장 오면
좋겠는데 왜 이리 안 올까요? 얼른 바뀌면
좋겠는데 언제 올까요? 법원에서 신청을 받아
주지 않으면 어떻게 해야 할까요? 토리는
매일매일 조심조심 우체통을 열어 보았답니다.
어떤 날은 하루에 열 번도 넘게 본 적도 있어요.
그렇게 한참이 지났어요.
드디어 법원에서 편지가
도착했어요.

편지는 언제
오는 걸까?

　진짜로 이름이
바뀌었을까요? 토리는 심장이
두근거리고 쿵쾅대기

시작했어요.

하얀 종이 한 장을 펴 놓고 토리 가족 모두가
둘러앉았지요.

거기에는 이름을 바꾸는 걸 허락해 주겠다는
말이 적혀 있었어요.

짜잔! 현끝녀에서 현유진으로. 이건 토리가
할머니에게 선물한 이름이랍니다!

할머니는 토리 이름을 수십 번 불러 보고,
고민하고 또 고민해서 지어 줬다고 했어요.
토리는 할머니의 이름 이야기를 들은 날,
다짐했어요. 할머니가 토리에게 이름을
선물했으니 토리도 할머니에게 꼭 맞는 이름을
지어 주고 싶다고요.

머리를 쥐어짜 봤지만 역시 어려웠어요.
할머니에게 깜짝 선물을 하려던 토리는 결국에
속마음을 얘기했어요. 토리의 말을 들은 할머니가
환히 웃어 주었답니다.

　　할머니는 토리가 자기 이름을 바꾸려고 매일
끙끙 고민하는 줄 알았다고 했어요. 그런데 토리
이름이 아니라 생각지도 못한 할머니 이름이라니!
할머니는 깜짝 놀란 나머지 마시던 숭늉 밥알이
코로 들어갔다가 입으로 나올 뻔했다며, 토리를
웃겨 주었지요.

　　토리 할머니의 새 이름은 맑을 '유' 자와 참 '진'
자를 넣어, '현유진'이에요. 할머니는 시냇물처럼
맑고 진실한 사람으로 두고두고 기억되고 싶대요.

　　살면서 처음으로 자신을 위한 이름을 받은

현유진 씨는 정말 기뻐했어요. 덩실덩실 춤을
추는 할머니 모습에서 깡충깡충 기뻐하는 아궁이
옆 일곱 살 유진이의 모습이 보였답니다. 엄마는
할머니가 이만큼 좋아할 줄 알았다면 진작 바꿔
드릴 걸 그랬다고 하면서 울었어요. 좋은데 왜
우는지 모르겠지만 슬쩍 보니 토리 아빠도 울고
있었어요.

"아빠 울어요?"

"아니야, 아니야. 하품한 거야. 갑자기 졸려서."

진짜 말도 안 되는 거짓말이라고 생각했지만,
토리는 묻지 않기로 했어요. 오늘은 그럴
분위기가 아니라는 걸 이제 토리도 다
안답니다. 엄마 아빠가 토리에게 엄지손가락을
치켜세웠어요.

"우리 토리 언제나 칭찬합니다."

오래간만에 받아 보는 가족 모두의

칭찬이었어요.

토리가 토마토 때문에 이름을 바꾼다고 난리, 난리 피우지 않았으면 할머니를 위한 이름 선물은 생각도 못 했을 거라고요.

따지고 보면 이게 다 송민지 덕분이에요.

송 - 송아지처럼 못생긴

민 - 민지는

지 - 지저분합니다.

이건 토리가 골똘히 생각한 송민지를 소개하는 삼행시예요. 거울을 보고 큰 소리로 연습도 많이 해서, 달달 외우기까지 했던 내용이에요. 누가 툭 치면 바로 나올 수 있을 정도로 완벽하게 준비를 마쳤답니다.

드디어 기다리고 기다리던 발표 날입니다.

송민지가 먼저 발표했어요. 친구들이 큰 소리로 운을 떼 주었답니다. 토리는 심장이 콩닥콩닥 뛰기 시작했어요. 송민지는 과연 어떻게 준비해 왔을까? 듣다가 속상하면 어떡하지? 귀를 막아 버릴까? 귀를 막더라도 다 들리긴 할 텐데 화장실에 갈까? 긴장이 돼서 토리 손바닥에 땀이 나고, 심지어 발바닥에서도 땀이 나는 것 같았어요. 머릿속이 너무 복잡했답니다. 그래도 어쩌겠어요. 송민지가 준비해 온 내용을 꾹 참고 들어야겠지요.

"도!"

도 하면 삼행시가 바로 나와야 하는데 송민지는
그 큰 눈으로 토리를 쳐다보기만 했어요.
그러고는 한참 만에 입술을 움직였어요.
　처음에는 목소리가 너무 작아서 잘 들리지
않았어요.

"도도한……."

'내가 도도하다고?'

역시 괜히 기대했나 하는 순간, 뒤에 뭐가 더
있더라고요.

"나랑."

"토!"

"토요일마다 함께 놀아 주던……."

"리!"

"리, 리, 리 자로 끝나는 내 친구 도토리."

송민지가 저렇게 발표를 한 거예요. 얼마나
당황했는지 몰라요. 선생님 눈이 오백 원 동전만
하게 커졌어요.

"우리 민지는 삼행시 대회에 나가도 되겠네요.
자, 박수!"

    민지가 박수를 받으며 토리를 바라보았어요.
이상하게 좀 부끄러운 거 같기도 하고, 솜사탕을
먹은 기분도 들었어요. 그리고 뭔가 가슴속에서
꿈지럭꿈지럭 올라오는데 이런 게 감동이라는
걸까요? 사실 눈물도 조금 나려고 하는 걸 꾹
참았답니다. 이때 울어 버리면 진짜 창피할 것
같았거든요.
    과연 토리는 달달 외우고 연습한 '송아지처럼
못생긴 민지는 지저분합니다.' 삼행시를 큰 소리로
발표했을까요?

    "송!"
    "송이송이 눈꽃송이……."
    "민!"

"민들레……."

"지!"

"지금은 내 짝꿍 송민지."

"우리 친구들 삼행시가 정말 훌륭하네요.
여러분 모두 언제나 칭찬합니다."

토리랑 민지는 선생님께 큰 칭찬을 받았답니다.
그리고 서로 쳐다보며 한참을 웃었어요.
왜냐고요? 몰라요. 그냥 둘 다 웃음이 자꾸자꾸
나왔어요.

송민지는 아직도 토리 짝꿍입니다. 지난번에
민지가 가장 좋아하는 음식이 방울토마토라고
했어요. 어떤 의미일까요? 토리는 그때
처음으로 알았다니까요. 방울토마토를 좋아하는

아이도 있다는 걸 말이에요. 그러고 보니, 뭐
방울토마토는 생긴 게 울퉁불퉁 못생긴 것도
아니고, 나름 동글동글하니 좀 귀여운 것 같아요.

그리고 이건 토리가 엄마한테 들었는데요.
송민지도 자기 엄마한테 이름을 바꿔 달라고 엄청
졸랐다고 해요. 그런데 바꾸는 김에 성까지 바꿔
달라고 해서 민지네 엄마도 이게 무슨 일인가
놀랐다는 거예요.

"왜요? 왜 성은 안 돼요? 송씨면 저는 계속
송아지란 말이에요. 송은 싫어요. 송 바꿔 줘요."

귀에 딱지가 앉을 정도로 송민지가 징징댔다고
하는데 이건 절대 비밀이라고 했어요. 토리는
비밀을 지킬 자신이 있었답니다.

도토리 3행시

흥!

도!
도도한…
나랑

토!
토요일마다
함께 놀아주던

얍!

리!
리,리,리 자로
끝나는 내 친구
도토리!

송민지 3행시

송!
송이송이
눈꽃송이

민!
민들레….

지!
지금은 내 짝꿍
송민지.

토리도 송민지도 더 이상 서로를 토마토나 송아지로 부르지 않지만, 서로만 그렇게 안 부른다고 될 일이 아니더라고요. 토리네 반 아이들 모두가 토마토와 송아지는 짝꿍이라고 부르거든요.

"초등학교 때니까 이름으로 별명 부르고 하지. 커 봐라, 그게 다 추억이다 추억. 좋은 추억! 별명이 있던 친구들은 얼마나 좋은데. 어른이 돼서도 친구들이 금방 기억해 준다고. 엄마 말을 믿어 보세요."

엄마는 어린이들만 나눌 수 있는 추억이라며 토마토와 송아지를 응원한다고 했어요. 토리도 송민지가 송아지의 초롱초롱한 눈을 닮은 거 같기도 하고, 아닌 거 같기도 하다고 엄마한테

말했는데요. 엄마는 그새 그걸 민지네 엄마한테
말했나 봐요. 송민지는 토리만 보면 자꾸 그 큰
눈을 깜박깜박거린다고요.

"민지 님아! 우리 이제 존댓말 그만 쓰게 해
달라고 남궁털민 선생님한테 말해 볼까요?"

"토리 님도 그렇게 생각했어요? 나도 그런데."

선생님 이름은 남궁철민인데 아이들이 '털민'
선생님이라고 불러요. 토리네 반 선생님은요.
아이들에게 그렇게 불리는 게 좋다고 했어요.
사랑하는 만큼 털이 많아서 붙여진 토리 선생님의
별명이거든요. 사람은 다 불리고 싶은 이름이
있나 봐요.

삼행시 시간 마지막에 토리가 손을 번쩍 들고
할머니 이름을 바꾸게 된 이야기를 했어요.

세상에! 남궁털민 선생님은 토리 이야기를
듣고 울었다니까요? 눈에 커다란 먼지가 들어간
거라고 했지만 토리네 반 아이들은 모두 다
선생님 눈에서 눈물이 줄줄 나오는 걸 봤어요!
토리는요. 매일매일 할머니 이름을 불러
드려요. 할머니가 얼마나 좋아하는지 몰라요.
당연히 이름을 부르는 토리도 기분이
좋고요.

얘들아 이건 눈물이 아니란다.

평소에는 그냥 "학교 다녀오겠습니다." 였지만,
지금은 "현유진 님, 토리 학교 다녀오겠습니다."
하고 꼭 할머니 이름을 넣어요.

현유진 님, 현유진 할머니, 현유진 씨.

가끔은 할머니가 어릴 때 못 들은 이름도
생각해서 "유진아!" 이렇게 부를 때도 있어요.

평생 못 들은 이름을 마음껏 들으시려면 토리
할머니는 백 살도 넘게 살아야 한다고요.

그러니 토리 할머니 현유진을 만나면 꼭 이름을
불러 주세요. 이름만 불러도 좋아하는 머리가
하얗고, 깔깔깔 웃는 소리가 귀여운 할머니 한
분이 있다면 그건 분명 토리 할머니랍니다.

침대에 누워 토리에게 소중한 이름들을 불러
보았어요.

유진아! 현유진! 이름이 참 맑고 참되고 예쁘구나! 우리 할머니한테 딱이야! 몇 번이고 불러 드릴게요.

송민지! 우리가 어른이 되어서 만나면 그때도 별명이 생각날까?

남궁털민 선생님! 삼행시 짓는 숙제는 너무 어려웠어요. 숙제는 조금만 내 주세요.

도토리! 나는 내 이름이 참 좋아!

메시, 손흥민, 이순신, 안중근, 류관순, 세종대왕……. 토리가 좋아하는 사람들의 이름을 조용히 불러 보니 잠이 솔솔 옵니다.

내일도 힘차게 친구들 이름을 부르며 학교에 가려고요. 모두모두 잘 자요.

언제나 내 이름

2024년 12월 13일 1판 1쇄

지은이 류호선 | 그린이 박정섭

편집 장슬기, 윤설희, 최경후, 이여름 | 디자인 권소연
제작 박흥기 | 마케팅 이장열, 김지원 | 홍보 조민희

인쇄 코리아피앤피 | 제책 J&D바인텍

펴낸이 강맑실 | 펴낸곳 (주)사계절출판사 | 등록 제406-2003-034호
주소 (우)10881 경기도 파주시 회동길 252
전화 031) 955-8588, 8558
전송 마케팅부 031) 955-8595 편집부 031) 955-8596
홈페이지 www.sakyejul.net | 전자우편 literature@sakyejul.com | 블로그 blog.naver.com/skjmail
페이스북 facebook.com/sakyejulkid | 인스타그램 instagram.com/sakyejulkid

ISBN 979-11-6981-346-4 74810
ISBN 978-89-5828-440-6 (세트)

언제나 내 이름

노래, 작곡 **박정섭** 작사 **류호선**

1. 사라지는 내 이름을 불러 주세요.
사랑을 담아 마음을 담아 말해 주세요.
이름이 없었던 작은 소녀
우리 할머니,
이름이 생각 안 난다는 어린 소년
우리 할아버지,

사랑을 가득 담아
이름이 꽃처럼 오롯이 피어나게
모두의 이름을 아름다운 목소리로 불러 주세요.
사랑이 담긴
이름이 불리면 사라지지 않아요.

2. 사라지는 내 이름을 불러 주세요.
사랑을 담아 마음을 담아 말해 주세요.
안 좋은 의미가 아닌
진심 담긴 이름을,
모든 걸 못하는 아이가 아닌
너의 기억될 이름으로,

사랑을 가득 담아
이름이 꽃처럼 오롯이 피어나게
모두의 이름을 아름다운 목소리로 불러 주세요.
사랑이 담긴
이름이 불리면 사라지지 않아요.